AF315348

# LES AMOURS DES DIEUX,

## *BALLET-HEROIQUE,*

### REPRÉSENTÉ

## PAR L'ACADÉMIE-ROYALE

## *DE MUSIQUE,*

*Pour la premiere fois, le Dimanche quatorze Septembre 1727.*

Remis au Théâtre le Mardi 18 Juin 1737,

*Le Jeudi 12 May 1746,*

Et le Mardi 16 Août 1757.

### PRIX XXX SOLS.

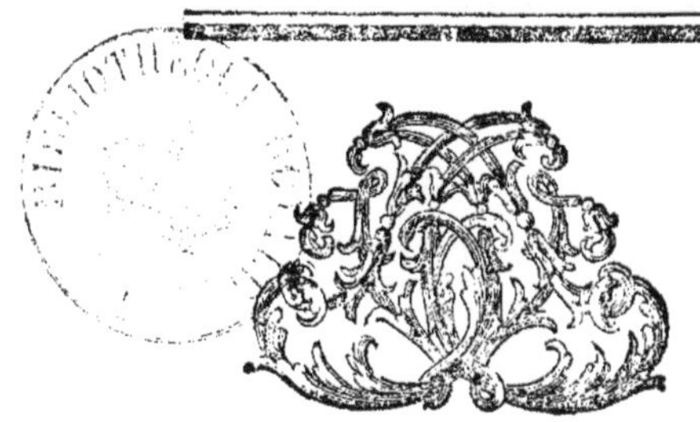

## *AUX DÉPENS DE L'ACADÉMIE,*

A PARIS, Chez la V. Delormel & Fils, Imprimeur de ladite Académie, rue du Foin, à l'Image Ste. Geneviéve.

*On trouvera des Livres de Paroles à la Salle de l'Opera.*

## M. DCC. LVII.

*AVEC APPROBATION ET PRIVILEGE DU ROI.*

Les Paroles *font* de feu *M. Fuzelier.*

La Mufique de feu *M. Mouret.*

# AVERTISSEMENT.

L'Ouvrage qu'on présente sur le Théâtre, est absolument dans le genre héroïque, cela n'est pas sans exemple ; & si nous avons des Ballets qui ont réussi sous les auspices de Thalie, nous en avons d'autres où Melpomene n'a pas dédaigné de paroître, & de placer ses situations tragiques ; le poignard se montre deux fois dans l'Europe Galante.

L'Imagination seule n'a pas fourni le sujet du Prologue. Les jeux funebres institués par les Sarmates à l'honneur d'Ovide ne sont pas inventés, * ils sont Historiques : Ces Peuples Sauvages, adoucis par le plus tendre des Romains, ne se contenterent pas de l'aimer pendant sept années qu'il passa dans son éxil ; sa mémoire leur fut chere, ils pleurerent sa mort & lui eleverent près de la Ville

* Voyez la Préface de la Traduction des Elegies d'Ovide pendant son exil, imprimée en 1723, chez d'Houry.

A ij

de Tomes un Tombeau , monument de leur douleur & du pouvoir des Muſes : ce jour fut marqué par une cérémonie renouvellée tous les ans. Ainſi un Génie aimable , deſtiné pour être les délices de Rome , n'obtint que ſur les bords glacés du Danube les honneurs que lui devoit le Tibre.

# ACTEURS CHANTANTS
## *DANS LES CHŒURS.*

| CÔTE' DU ROI. | | CÔTE' DE LA REINE. | |
|---|---|---|---|
| *Mesdemoiselles.* | *Messieurs.* | *Mesdemoiselles.* | *Messieurs.* |
| Larcher. | Lefevre. | Rolet. | S. Martin. |
| Le Tourneur. | Le Page. | Daliere. | Gratin. |
| Chefdeville. | l'Evesque. | Massont. | Le Mesle. |
| | Antheaume. | | Albert. |
| Cazau. | Paris. | Adélaïde. | |
| La Croix. | Scelle. | Lachanterie. | L'Ecuyer. |
| Salaville. | Rose. | Dauger. | Chappotin. |
| | Robin. | | Feret. |
| Gaulthier. | Antheaume. | Petitpas. | Favier. |
| Edmée. | Parant. | Héry. | Du Perrier. |
| Dubois c. | Muguet. | Emilie. | Laurent. |

# ACTEURS CHANTANTS.

LA PRÊTRESSE
*du Temple de l'Amour*,     M<sup>lle</sup>. Lemiere.

LE CHEF DES SARMATES,     M<sup>r</sup>. Larrivée.

UN SARMATE,     M<sup>r</sup>. Poirier.

SARMATES.

PRÉTRESSES.

PEUPLES DU NORD.

# PERSONNAGES DANSANTS.
## *SARMATES.*

M<sup>r</sup>. LYONNOIS.    M<sup>lle</sup>. LYONNOIS.

M<sup>rs</sup>. HYACINTE, HUS.

M<sup>rs</sup>. Lelievre, Vestris, c. Dupré, Trupty, Rivet.

M<sup>lles</sup>. Couppé, Maupain, Fleury, Armand,

Thetelingre.

# PROLOGUE.

*Le Théâtre repréſente le Temple de l'Amour de la ville de Tomes , où les Sarmates célébroient tous les ans une Fête à l'honneur D'Ovide ; ſon Tombeau eſt placé au milieu.*

## SCENE PREMIERE.

LA PRÉTRESSE , Prétresses , le Chef des SARMATES , & ſa Suite.

*LA PRÉTRESSE.*

Vous, qui chaque Printems excités notre zele,
Pour honorer le plus fidele
Et le plus cher de vos Sujèts ,
Volés, Fils de Venus, ſecondés nos projèts ;
C'eſt la reconnoiſſance, Amour, qui vous appelle.

Près de ce monument que j'ai fait élever
Des Plaisirs & des Jeux que la troupe s'arrête ;
  Ovide est l'objet de la Fête ,
  Tout Cythere doit s'y trouver.

## *LE CHEF DES SARMATES.*

Peuples soûmis aux Loix , & vous Peuples sauvages,
Hâtés-vous , traversés le vaste sein des mers ;
Rassemblés-vous ici , présentés vos hommages
Au Mortel renommé , qui sur nos froids rivages
Du plus doux des Vainqueurs fit connoître les fers.

Le jour qu'on l'éxila , le Tibre sur ses traces
Vit voler après lui les Amours empressés ;
Le jour qu'il arriva dans nos climats glacés ,
Pour la premiere fois nous y vîmes les Graces ;
Sans lui nos cœurs , qu'il prit soin de former,
  Ne sauroient pas encor aimer.

## *ENSEMBLE.*

Ne tardés pas , suivés le devoir qui vous presse,
Venés tendres Amants , venés , accourés tous ;
Votre encens dans ces lieux devroit brûler sans
  cesse ,
Et le Tombeau d'Ovide est un autel pour vous.

SCENE

## SCENE II.

LA PRETRESSE, LE CHEF DES SARMATES, & leur suite.

*Diverses Nations du Nord accourent, & éxécutent les ordres de la Prêtresse.*

### LA PRÊTRESSE.

Vole, Amour, vole avec les Graces;
Vole, Amour, dans ces lieux.

Qu'avec les Jeux, les Ris suivent tes traces:
Que tes flâmes
Charment les âmes
Et n'enchaînent les cœurs que pour les rendre heu-
reux.

Vole, Amour, vole avec les Graces;
Vole, Amour, dans ces lieux.

*On danse.*

### UN SARMATE.

Fiers Aquilons, de vos ravages
Nous ne sentons pas les horreurs:
Plus l'hyver glace nos rivages,
Plus l'Amour enflâme nos cœurs.

B

Si dans des climats plus tranquilles
Vous éxilés les doux Zéphirs;
Du-moins jamais de nos aziles,
Vous ne bannissés les Plaisirs.

Fiers, Aquilons, &c.

*On danse.*

## LE CHEF DES SARMATES.

Du maître des Amants, du guide des Amours,
Que le nom dans ces lieux retentisse toûjours;
Fameux par son esprit, fameux par sa tendresse,
Il connoissoit tous les détours
Des rives de Cythere & des bords du Permesse.

Du maître des Amants, du guide des Amours,
Que le nom dans ces lieux retentisse toûjours.
( *Le Chœur répéte les deux derniers Vers.* )   *On danse.*

## LE CHEF DES SARMATES.

Nos rivages
Ne sont plus sauvages,
Depuis que ce séjour
Au tendre Amour
Rend des hommages.
Les Oiseaux
Cherissent nos retraites;
Nos musettes
Forment des chants plus beaux;

L'Onde pure
Y mêle un plus doux murmure.
Dieu des cœurs,
Nous te devons ces charmes;
Prend tes armes,
Lance tes traits vainqueurs;
Tes conquêtes
Sont pournous  autant de fêtes.

*On danse.*

*LA PRÉTRESSE.*

Vous qu'Ovide a conduits fur ces bords écartés,
Plaifirs, efforcés-vous  d'emprunter fon langage;
Et des Amours des Dieux par fa Mufe chantés,
Offrés à nos regards une fidele image.
Par un fi beau fpectacle, achevés aujourd'hui
Les jeux que notre zele a confacrés pour lui.

*ENSEMBLE.*

Nous  devons à-jamais célébrer fa mémoire.
Il nous a montré l'art d'attacher la victoire
Aux armes de Paphos;
Ainfi que Mars,  l'Amour a fes Héros;
Ainfi que Mars,  l'Amour eft fuivi de la Gloire.

*CHŒUR.*

Nous devons à-jamais,  &c.

*FIN DU PROLOGUE.*

# ACTEURS CHANTANTS.

| | |
|---|---|
| NEPTUNE, | M<sup>r</sup> Gêlin. |
| AMYMONE, | M<sup>lle</sup> Dubois. |
| UN FAUNE, | M<sup>r</sup> Pepin. |
| TRITONS, NÉRÉIDES. | |

*La Scéne est sur le bord de la Mer.*

## PERSONNAGES DANSANTS.
### TRITONS ET NÉRÉIDES.

M<sup>r</sup>. LAVAL.

M<sup>lle</sup> PUVIGNÉE.

M<sup>rs</sup>. BEATE, DUBOIS.

M<sup>lles</sup>. DEMIRÉ, RIQUET.

M<sup>rs</sup>. Feuillade, Balletty, Hamoche, Martin.

M<sup>lles</sup>. Marquise, Chevrié, Deschamps, Pagès.

# NEPTUNE ET AMYMONE,



*Le Théâtre repréſente la Mer , & un rivage ſemé de rochers.*

## SCENE PREMIERE.

*A M Y M O N E.*

SOlitude paiſible,
Cachés mes feux ſecrets ; retenés les Echos.
Et vous calme profond qui regnés ſur les flots,
Paſſés dans mon cœur trop ſenſible.
Sans-ceſſe je reviens ſur ces rochers deſerts
Où j'ai vu mon Vainqueur , où j'ai reçu les fers.

Pour chercher chaque jour ces fauvages retraites,
Je quitte la fraîcheur des Bois les plus charmants:
C’eft toûjours dans les lieux témoins de leurs défaites
Que les tendres Amants.
Rencontrent leurs plus doux moments.

Dieu de l’Onde, venés, hâtés-vous de paroître;
Vous ignorés des feux que vous avés fait naître.
Un Faune téméraire ôfe exiger de moi
Des vœux qui vous font dûs.... mais c’eft lui que
je voi....

# SCENE II.

## AMYMONE, UN FAUNE.

### LE FAUNE.

Enfin, je vous trouve, Inhumaine,
Demeurés: Vainement vous voulés m’éviter;
Si vous ne plaignés pas ma peine,
Je faurai vous contraindre au-moins à l’écouter.

### AMYMONE.

Ah! contraignés plûtôt un tranfport qui m’outrage.

*LE FAUNE.*

Non, non, c'eſt trop long-tems rebuter mon hom-
mage,
Par vos cruëls refus c'eſt trop être inſulté :
Vous me faites ſouffrir le plus rude eſclavage ;
Prétendés-vous jouïr de votre liberté ?

Vous ne répondés pas ?.. que faut-il que je penſe ..
Dûſſiés-vous redoubler ma mortelle douleur ,
Donnés un libre cours à votre indifference :
Quoi ! N'avés-vous que le ſilence
Pour m'annoncer votre rigueur ?
*AMYMONE.*
Sur ce rivage tranquille
Je viens chercher le repos.
Je ne veux dans cet azile
Ecouter que les Echos.
*LE FAUNE.*
Croyés-vous m'aveugler par une feinte vaine?
L'Amour jaloux m'éclaire, & ſon flambeau fatal,
Malgré vous, malgré moi, me fait voir votre haine :
Je cherche dans vos yeux le doux prix de ma peine ,
J'y vois le bonheur d'un Rival.
*AMYMONE.*
Que dites-vous? O Dieux ! Non, mon cœur n'eſt
point tendre.

*LE FAUNE.*

Ah ! que vous vous défendés mal,
En vous preſſant de vous défendre !
C'eſt ici, je le voi, qu'une ſecrette ardeur
A ſu vaincre votre foideur...
Chaque jour ſans témoins vous venés vous y rendre.

Sur ces bords écartés la terre ſans appas
Ne ſe pare jamais de fleurs ni de verdure ;
Il n'eſt point dans ces lieux de ruiſſeau qui murmure:
Non, des indifférents n'y portent point leurs pas.
Eh ! quels attraits pouroient vous plaire
Sur ce Rivage ſolitaire,
Si l'Amour à vos yeux ne l'embelliſſoit pas ?...

Que vois-je ? votre trouble augmente...
Je ſens redoubler mon couroux.
Vous voyés ſans pitié le mal qui me tourmente...
Vous voulés fuir encor...eh quoi ! l'eſperés-vous?

*AMYMONE.*

Comment voulés - vous qu'on vous aime ??
Dans vos diſcours, votre tendreſſe même
Inſpire de l'effroi.
Le dépit , armé de menaces,
Vole ſans ceſſe ſur vos traces.
Lorſque l'Amour prétend que l'on ſuive ſa loi,
Il la doit annoncer par la bouche des Graces.

*LE FAUNE,*

### LE FAUNE.

D'inutiles foûpirs ne font pas faits pour moi ;
De tant de vains détours ma tendreſſe s'offenſe :
Vous poſſedés mon cœur, je vous donne ma foi ;
Il faut qu'un promt aveu couronne ma conſtance.

### AMYMONE.

Dieux ! O Dieux ! Qu'elle violence !

### LE FAUNE.

Si vous avés des Dieux pour vous,
J'aurai pour moi le plus puiſſant de tous ;
C'eſt leur Vainqueur, c'eſt l'Amour qui m'inſpire.

### AMYMONE.

Neptune, vous fouffrés que près de votre empire
L'Innocence redoute un funeſte danger !
Tout vous dit de me proteger.

( La mer s'agite. )

## SCENE III.

NEPTUNE *sortant de la mer* , AMYMONE,
LE FAUNE, TRITONS.

*NEPTUNE.*

Tritons, allés punir ce Faune téméraire.

*AMYMONE.*

C'eſt vous qui me vengés ; quel ſecours glorïeux !

*NEPTUNE.*

Les Arrêts de votre colere
Sont éxécutés par les Dieux. *
* *Les Tritons emmenent le Faune.*

## SCENE IV.

AMYMONE, NEPTUNE.

*AMYMONE.*

Les Dieux défendent l'innocence,
C'eſt ce que j'éprouve aujourd'hui.
Contre un audacïeux, contre ſa vïolence
Mon cœur méritoit votre appui.

*NEPTUNE.*

Il vous aime, quel crime ! & qu'il eſt pardonnable !
Ah ! quand je punis ce coupable ,
Je ſuis plus criminel que lui.

*AMYMONE, à part.*

L'ai-je bien entendu ? quel aveu favorable !

*NEPTUNE.*

Jeune Beauté, vos yeux vainqueurs
Se font rendre ſans-ceſſe un tribut légitime.
Si l'amour vous paroît un crime ,
Vous ne verrés jamais que de coupables cœurs.

Vous vous troublés !... eh ! que pouvés-vous
craindre ?
Parlés : ceſſés de vous contraindre.
Un Dieu tendre & ſoûmis doit-il épouvanter ?

*AMYMONE.*

La flâme d'un cœur téméraire
N'offre que des périls que l'on peut éviter :
Mais l'Amour eſt à redouter
Dans un Amant digne de plaire.

*NEPTUNE.*

O ciel ! Serois-je aſſés heureux
Pour vous faire ſentir cette charmante crainte ?

C ij

### *A M Y M O N E.*

Quand mon cœur éperdu vous adreſſoit ſa plainte,
Ce n'étoit pas le Dieu qu'imploroient tous mes
    vœux.

### *N E P T U N E.*

Vous reſſentés mes feux, & vous daignés le dire!
Partagés mon pouvoir ainſi que mon ardeur.

### *A M Y M O N E.*

Je veux regner ſur votre cœur ;
    C'eſt l'unique empire
    Que le mien deſire :
Compte-t-on pour un bien l'éclat de la grandeur
    Quand on ſoupire ?
L'Amour ſeul, des Amants peut faire le bonheur.

### *E N S E M B L E.*

    Me ſerés-vous toûjours fidele ?
    Ah ! ſi vous ceſſiés de m'aimer,
Quel ſupplice pour moi qu'une vie immortelle !
    Non, rien ne doit vous allarmer ;
    Je vous ſerai toûjours fidele.

### *N E P T U N E.*

Accourés ſur ces Bords, vous qui ſuivés mes loix ;
Raſſemblés-vous, venés applaudir à mon choix.

# SCENE V.

NEPTUNE, AMYMONE, Néréides,
Tritons.

*NEPTUNE.*

AU vaste sein des mers Vénus a pris naissance,
Et son Fils dans ce jour m'offre pour récompense
Le plus aimable objet qui brille sous les Cieux.
  Quel prix charmant & glorieux !
Du Dieu qui m'a soûmis qu'il marque la puissance !
  Jamais l'Amour pouvoit-il mieux
  Signaler sa reconnoissance ?

 Que sur ces bords, parés de ses attraits,
  Le Vainqueur de Cythere
  Vole & regne à-jamais :
Aux lieux qu'il embellit pourroit-il se déplaire ?
Par la main des plaisirs qu'il nous lance ses traits.

## *CHŒUR.*

Que sur ces bords, parés de ses attraits,
  Le vainqueur de Cythere
  Vole & regne à-jamais :
Aux lieux qu'il embellit pourroit-il se déplaire ?
Par la main des plaisirs qu'il nous lance ses traits.

On danse.

*A M Y M O N E*, *alternativement*

*avec le Chœur.*

Soûpirés , aimable Jeuneſſe ,
Profités de vos beaux jours.

Que le Tems , qui vous rit ſans-ceſſe ,
S'envole , ſans trop preſſer ſon cours.

Soûpirés , aimable Jeuneſſe ,
Profités de vos beaux jours.

Hâtés-vous d'éprouver les biens de la tendreſſe ,
Prévenés de fâcheux retours.
Jamais la ſévere Vieilleſſe
Ne doit ſe montrer aux Amours.
Soûpirés , aimable Jeuneſſe ,
Profités de vos beaux jours.

*On danſe.*

*A M Y M O N E.*

Jeunes Cœurs , quittés le rivage ,
Embarqués-vous avec l'Amour :
Souvent il nous fait dans l'orage ,
Goûter les douceurs d'un beau jour.
Partés , qu'à vos vœux tous réponde :
Vous allés voir voler ſur l'Onde
Autant de Jeux que de Zéphirs.

N'allés pas conſulter la Raiſon ſur la route ,

On s'égare quand on l'écoute,
Elle épouvante les Plaisirs.
Dans le Port du bonheur suprême
  Si l'on veut arriver,
C'est dans les yeux de ce qu'on aime
Qu'il faut apprendre à le trouver.

*On danse.*

FIN DE LA PREMIERE ENTRÉE.

# ACTEURS CHANTANTS.

APOLLON, *en Berger*,  M<sup>r</sup> Poirrier.
CORONIS, *Amante d'*IPHIS,
 *aimée d'*APOLLON,  M<sup>lle</sup> Fel.
IPHIS, *Berger*, *Amant de*
 CORONIS,  M<sup>r</sup> Larrivée.
ISMENE, *Bergere*, *Amie de*
 CORONIS,  M<sup>lle</sup> Lemiere.
MERCURE,  M<sup>r</sup> Pepin.
UNE BERGERE,  M<sup>lle</sup> Lemiere.
BERGERS & BERGERES.

*La Scéne est dans un Hameau de la Thessalie.*

# PERSONNAGES DANSANTS.
## BERGERS ET BERGERES.

M<sup>r</sup> VESTRIS, M<sup>lle</sup> VESTRIS.

M<sup>rs</sup> Le Lievre, Beat, Balletty, Dubois, Hamoche,
Martin.
M<sup>lles</sup> Couppé, Chomard, Morel, Armand,
Fleury, Thetelingre.

APOLLON

# APOLLON ET CORONIS,

## *SECONDE ENTRÉE.*

*Le Théâtre repréſente un Hameau de la Theſſalie.*

## SCENE PREMIERE.

### CORONIS, ISMENE.

### *ISMENE.*

Pour vous quelle gloire nouvelle,
Aimable Coronis ! quoi, ce Berger fidelle,
  Qui ſur vos pas ſoûpire nuit & jour,
C'eſt Apollon !

### *CORONIS.*

    Banni par le Dieu du tonnerre,
  Le plus beau climat de la terre
Le dédommage ici du céleſte ſéjour.

D

### ISMENE.

Pourquoi dérobés-vous ce trïomphe à l'Amour ?
Non, je ne connois que vos charmes
Qui puissent effacer le souvenir des Cieux.

Vous contraignés les Dieux
A vous rendre les armes :

Non, je ne connois que vos charmes
Qui puissent effacer le souvenir des Cieux.

Vous ne m'écoutés pas...

### CORONIS.

Veux-tu te faire entendre ?
Ne me parle plus que d'Iphis.

### ISMENE.

D'Iphis ! que dites-vous ? & qu'allés-vous m'apprendre ?

### CORONIS.

Un secret que mes yeux devroient t'avoir appris.

Un feu nouveau me devore ;
Rien n'égale sa douceur :
Sans cette aimable ardeur,
J'ignorerois encore
Les plus charmants plaisirs que peut goûter un cœur.

ISMENE.

Quoi, vous changés !

CORONIS.

L'Amour me le pardonne.
J'aime Iphis, ce jeune Etranger.

ISMENE.

Coronis abandonne
Un Dieu pour un Berger !

CORONIS.

Tu n'as jamais aimé, si mon aveu t'étonne.

ISMENE.

Comment défendrés-vous votre legereté ?
Le rang d'Apollon vous accuse.

CORONIS.

Apollon lui-même m'excuse,
Lorsqu'il m'instruit de sa divinité.

ISMENE.

Près d'un Amant, que votre cœur offense,
Votre legereté voudroit changer de nom ;
Et vous prêtés à l'inconstance
Le langage de la raison.

Mais Iphis doit trembler du destin d'Apollon.

CORONIS.

Je lui cache le sort de ma premiere flâme...

### ISMENE.

Et vous le trahiſſés par ce déguiſement...

### CORONIS.

Ce n'eſt pas trahir un Amant
Que d'épargner des ſoins & du trouble à ſon âme.

### ISMENE.

Ne prévoyés-vous pas cent périls en ce jour ?..

### CORONIS.

Le bandeau de l'Amour
Laiſſe voir ſes plaiſirs, & nous cache ſes peines.

Dans un cœur trop ſenſible, enchanté de ſes chaînes,
La raiſon n'a point de retour.
Le bandeau de l'Amour
Laiſſe voir ſes plaiſirs, & nous cache ſes peines.

On vient. C'eſt Apollon : déguiſons mon ardeur...
Quel triſte moment pour mon cœur !

# SCENE II.

## APOLLON, CORONIS.

### *APOLLON.*

JE ne m'occupe plus que de mon feu fincere :
Charmante Coronis , le bonheur de vous plaire
  Du Souverain Maître des Dieux
  M'a fait oublïer la colere :
  En vain il m'a banni des Cieux ;
  Je les retrouve dans vos yeux.
Vous connoiffés enfin l'Amant qui vous engage. ,

### *CORONIS.*

Peut-être avés-vous cru par un brillant hommage
Flater un jeune cœur, animer fes defirs ,
  Et que j'aimerois davantage
Quand je faurois qu'un Dieu m'adreffoit fes foûpirs.

### *APOLLON.*

Je vous ai fait l'aveu de ma grandeur fuprême ;
Pouvois-je vous cacher le fort de votre Amant?
  Le plus leger déguifement
  Devient un crime quand on aime.

Depuis qu’inconnu fur ces bords
Je prend foin des troupeaux d’Admete,
Vous daignés de ma flâme approuver les tranfports;
Quelle felicité parfaite !
Le fort m’a fait Berger pour combler mes defirs :
Qu’en reftant dans les Cieux je perdois de plaifirs !

### CORONIS.

Quelque foit l’excès de fa flâme,
Un Dieu n’a pas long-tems les tranfports d’un
Berger.
Et lorfque la grandeur lui parle de changer,
L’Amour fort bien-tôt de fon ame.

Quelque foit l’excès de fa flâme,
Un Dieu n’a pas long-tems les tranfports d’un
Berger.

### APOLLON.

Connoiffés mieux & mon cœur & vos charmes;
Non, ils ne font pas faits pour l’infidelité.
Ma conftance & votre beauté
Condamnent vos allarmes.
Connoiffés mieux & mon cœur & vos charmes;
Non, ils ne font pas faits pour l’infidelité.

*( Mercure defcend des Cieux.)*

### CORONIS.

Quel Dieu du haut des Cieux defcend dans nos Boc-
cages ?

### APOLLON.

C'eſt Mercure. Sous ces ombrages
Quel deſſein l'amene aujourd'hui ?

### CORONIS.

Il paroît vous chercher : je vous laiſſe avec lui.

---

# SCENE III.

## MERCURE, APOLLON.

### MERCURE.

JUpiter veut enfin oublïer votre offenſe :
Il répond aux deſirs de cent climats divers :
Il vous rappelle ; il faut jouïr de ſa clémence ;
Quittés la Terre, allés, les Cieux vous ſont ouverts.

### APOLLON.

Mercure, je rends grace au zele
Qu'aujourd'hui vous me faites voir.
Allés, je ſuivrai mon devoir :
Apollon doit partir, quand Jupiter l'appelle.

*( Mercure ſort.)*

# SCENE IV.

## APOLLON.

*(On entend le Prélude d'une Fête champêtre.)*

Quels sont ici les Jeux que j'entends célébrer ?..
Mais cherchons Coronis. Allons lui déclarer
Que Jupiter excuse mon offense...
Ah! Dieu cruël, que je hais ta clemence!
Elle va m'éloigner de l'objet de mes feux,
Et retarder le prix de ma persévérance.
M'accorder un pardon si contraire à mes vœux,
Ce n'est pas appaiser ton courroux rigoureux;
C'est redoubler encor ta fatale vengeance.

# SCENE V.

## IPHIS, BERGERS ET BERGERES.

### *IPHIS.*

CHantés, Bergers, chantés; reveillés-vous Echos,
Répondés à nos voix, imités nos mufettes :
Que notre fort eft doux dans ces belles retraites !
L'Amour même jamais n'en trouble le repos.

### *CHŒUR.*

Chantons, reveillés-vous, Echos, &c.

*On danfe.*

### *LA BERGERE.*

Dans nos champs s'il coûle des larmes ,
        Des Ingrats
    Ne nous les arrachent pas,
    Nous pouvons aimer fans allarmes ;
        Ici tous les cœurs
    Ne font jamais vains ni trompeurs :
    La Bergere ignore fes charmes ,
        Et l'art de changer
        N'eft pas fu du Berger.

*On danfe.*

E

## *L A  B E R G E R E.*

Réfonnés, paifibles mufettes
Vous êtes les douces trompettes
Des vainqueurs
De nos cœurs.

Par d'aimables chanfonnettes
Vous couronnés les beaux jours :
Vous célébrés dans nos retraites
Les exploits des tendres Amours.

Réfonnés, *&c.*

*On danfe.*

# SCENE VI.

CORONIS, IPHIS, ISMENE, BERGERS.
*CORONIS, au fond du Théâtre, à part
à ISMENE.*

APollon quitte enfin ces lieux,
Rien ne m'allarme plus, j'ai reçu ses adieux..

(*Elle apperçoit IPHIS & les Bergers.*)

Mais, c'est vous, cher Iphis ! Quelle fête galante.

### I P H I S.

C'est ma felicité que sur ces bords on chante.

A l'auteur de vos jours je viens d'ouvrir mon cœur.
Conduit par l'esperance, inspiré par ma flâme,
Mes respects, mes soûpirs ont attendri son ame ;
Il veut que votre main couronne mon ardeur.

Que ce jour a pour moi de charmes !
L'Hymen me donne enfin ce que me doit l'Amour.
Et le bien le plus doux accordé sans retour,
Va payer mes tendres allarmes :
Que ce jour a pour moi de charmes !
L'Hymen me donne enfin ce que me doit l'Amour

E ij

## *CORONIS ET IPHIS.*

Amour , rendés toujours aimables
Des nœuds que l'Hymen rend durables !
Regnés : ne nous quittés jamais :
Nos tendres cœurs méritent vos bienfaits.

### *C O R O N I S*, aux *Bergers*.
Recommencés vos jeux sous ce paisible ombrage.

De deux Amants heureux célébrés les transports,
Oiseaux , à leurs chansons joignés un doux ramage;
Vous Ruisseaux, qui baignés les Fleurs de cet ivage,
Mêlés votre murmure à leurs tendres accords.

*On danse.*

### *I P H I S.*
Que tout ici retentisse
Des appas de Coronis.

### *C O R O N I S.*
Que tout applaudisse
A l'amour d'Iphis.

### *E N S E M B L E.*
Que leurs noms, que leurs cœurs soient à-jamais unis.

### *C H Œ U R.*
Que tout retentisse
Des appas de Coronis :
Que tout applaudisse
A l'amour d'Iphis :

Que leurs noms, que leurs cœurs soient à-jamais unis

# SCENE VII.

## APOLLON CORONIS, ISMENE, IPHIS, BERGERS.

*APOLLON, à part, au fond du Théâtre.*

PRêt à monter aux Cieux, quels chants viens je
    d'entendre ?
A ce funeſte outrage aurois je dû m'attendre ?
La Perfide ! *

**APOLLON avance & veut frapper CORONIS de ſon javelot ;
il eſt retenu par IPHIS.*

*IPHIS, à APOLLON.*
    Arrêtés, Berger trop inhumain.

*CORONIS, à IPHIS, ſe mettant entre lui & APOLLON.*

C'eſt un Dieu, ſauvés-vous, votre courage eſt vain ;
Sauvés vous cher Iphis....

*(Les CHŒURS ſe retirent avec effroi.)*
    *APOLLON.*
        L'Ingrate !... l'Infidelle ...
Lorſquelle doit trembler, lorſqu'elle eſt criminelle,
        Elle ne craint que le trépas
D'un Mortel téméraire, auſſi coupable qu'elle...
Ah : ſa terreur me montre où doit frapper mon bras..
Meurs indigne Rival ...

*( CORONIS entraîne IPHIS dans la Couliſſe, où APOLLON lance
    ſon Javelot. )*

*CHŒUR*, derriere le Théâtre.

O difgrace cruëlle !

*APOLLON.*

Enfin, je fuis vengé de l'audace d'Iphis !

*CHŒUR*, derriere le Théâtre.

Helas ! le même trait a frappé Coronis !
L'Amour les uniffoit, le trépas les raffemble ;
Ils expirent enfemble !

*APOLLON.*

Le Deftin m'a donc mieux fervi que ma fureur :
Je me fuis d'un feul coup immolé deux victimes.

*CHŒUR*, derriere le Théâtre.

Quel fpectacle affreux ! quelle horreur !

*APOLLON.*

Bergers, qui n'eftimés qu'une fincere ardeur,
Devés-vous les pleurer, vous qui favés leurs crimes ?

*CHŒUR*, derriere le Théâtre.

Portons ces deux Amants dans le même tombeau :
Que l'Amour avec eux enferme fon flambeau.

# SCENE VIII.
### *APOLLON.*

JE frémis.... leurs regrets malgré-moi, m'atten-
    drissent.
De funestes remords me frappent... me saisissent..
Quai-je fait! Coronis... quoi, ma barbare main
A donc lancé le trait qui vous perce le sein ?
O Ciel ! vous descendés sur les rivages sombres...
Et mon Rival vous suit dans l'Empire des Ombres...
Coronis, vous mourés... O destin trop cruël ! ..
Coronis vous mourés... & je suis immortel !

Forcé de vivre, hélas' par une loi suprême,
        Que rien ne peut changer,
        Quel desespoir extrême !
C'est par moi que je perds le cher Objet que j'aime,
J'ai pu causer sa mort, je ne puis la venger!

Que l'Univers entier ressente mes allarmes :
On ne sauroit trop répandre de larmes
Pour le sang que ma rage a versé dans ce jour...
Ah ! cachons mes fureurs dans une nuit profonde,
        Et cessons d'éclairer le Monde,
Puisque je n'y vois plus l'Objet de mon amour.

*FIN DE LA SECONDE ENTRÉE.*

# ACTEURS CHANTANTS.

| | |
|---|---|
| BACCHUS, | M<sup>r</sup> Gêlin. |
| ARIANE, | M<sup>lle</sup> Chevallier. |
| UNE BACCHANTE, | M<sup>lle</sup> Dubois. |
| EGIPANS, | |
| BACCHANTES, | |

*La Scéne est sur un Rivage solitaire de l'Isle de Naxos.*

## PERSONNAGES DANSANTS.

### EGIPANS & BACCHANTES.

M<sup>rs</sup> LAVAL, LYONNOIS.

M<sup>r</sup> LANY.

M<sup>lle</sup> LANY.

M<sup>r</sup> VESTRIS.

M<sup>rs</sup> Feuillade, Hyacinte, Vestris, c. Dupré, Trupty, Rivet, Hus, Henry.

M<sup>lles</sup> Marquise, Chevrié, Chomard, Maupain, Pagès, Demiré, Riquet, Deschamps.

ARIANE

# ARIANE ET BACCHUS,
## *TROISIÉME ENTRÉE.*

*Le Theâtre repréfente un Rivage folitaire de l'Ifle de Naxos : on voit dans l'éloignement un Vaiffeau qui fuit à pleines voiles.*

# SCENE PREMIERE.
**ARIANE**, *fortant avec tranfport d'entre les Rochers.*

### ARIANE.

QU o i, tu fuis Ariane, infidele Thefée !...
As-tu pu concevoir ce barbare deffein ?
Dieux ! Quels ferments trahis ! quelle ardeur mé-
    prifée !
Tu ferois moins ingrat en me perçant le fein.
Revien, parjure Amant : fi tu vois mes allarmes,
Pourras-tu refufer de me rendre ton cœur ?
Tu fuis : hélas ! crains-tu de voir couler mes larmes?
    Crains-tu d'écouter ma douleur ?

F

Avec mon dèfefpoir ton crime croît fans ceffe ;
On peut te pardonner l'oubli de mes attraits ,
    Et non celui de ma tendreffe :
Ah ! Que n'es-tu témoin de mes triftes regrets !
Revien , parjure Amant : fi tu vois mes allarmes ,
Pourras-tu refufer de me rendre ton cœur ?
Tu fuis : hélas ! crains-tu de voir couler mes larmes ?
    Crains-tu d'écouter ma douleur ?

Mais je n'apperçois plus le Vaiffeau du perfide . . .
Neptune , vous fouffrés que Zéphire le guide !
Dieu des Flots , d'un barbare éxaucés-vous les vœux?
    Montrés vos droits , vengés mes feux ;
Donnés à l'Innocence un fecours légitime.
    Prêtés-vous un azile au crime ?
Ah ! juftifiés-vous par un orage affreux.

---

# SCENE II.

ARIANE, EGIPANS ET BACCHANTES
*qu'on ne voit point.*

### CHŒUR.

Princesse, oubliés un Volage :
Vos yeux charmants sont-ils faits pour les pleurs?

### ARIANE.

Qu'entens-je ? hélas ! sur ce rivage
Qui peut déplorer mes malheurs?

### CHŒUR.

Princesse, oubliés un Volage :
Vos yeux charmants sont-ils faits pour les pleurs?

---

# SCENE III.

*Le Théâtre change. La Mer & les Rochers disparoissent.*
*On découvre de toutes parts des Berceaux d'Arbres. La*
*suite de Bacchus paroît.*

ARIANE, EGIPANS ET BACCHANTES.

### ARIANE.

Quel prodige nouveau ! les fruits & la verdure
Naissent de toutes parts !

Mille Berceaux fleuris cachent à mes regards
 Les flots complices d'un Parjure !
Du Dieu vainqueur de l'Inde on voit l'aimable
 Cœur :
Pour qui prend-elle foin d'embellir ce féjour ?

### CHŒUR.

Nous venons terminer vos peines :
Votre Amant a changé, changés à votre tour.
Oublïer un Ingrat qui romt de douces chaînes,
 Ce n'eft pas offenfer l'Amour.

# SCENE IV.
## ARIANE, BACCHUS.
### ARIANE.

Dieux ! j'apperçois Bacchus lui-même,
Dérobons-lui mon trouble extrême.

### BACCHUS.

Charmante Princeffe, arrêtés.
 Sur ces bords écartés
 J'ai vû couler vos larmes ;
Le defefpoir guidoit vos pas ;
Et loin d'effacer vos appas,

La douleur dans vos yeux mettoit de nouveaux
  charmes :
Vos regrets, vos soûpirs, dans ce triste moment,
    Formoient la chaîne qui m'engage ;
    En pleurant un Amant volage
    Vous fesiés un fidele Amant.

#### A R I A N E.

  Ah ! que me faites-vous entendre !
Ce discours convient-il à mes cruëls malheurs ?

#### B A C C H U S.

Songés que c'est un Dieu qui vient sécher les pleurs
Qu'un indigne mortel vous force de répandre.

#### A R I A N E.

Pour le suivre, l'Ingrat, j'abandonnois des lieux
Commandés par un Roi formé du sang des Dieux :
    Vainement le devoir sévere
Rappelloit dans mon cœur les vertus de mon pere,
Et les droits du séjour de mes sacrés Ayeux :
Amour, je n'écoutois que ton ordre suprème ;
Tu me disois, hélas ! dans ces tendres moments :
Fuis Ariane, fuis, je te conduis moi-même,
Accompagne un Heros qu'engagent ses serments,
Qu'importe quels climats habitent les Amants ;
La patrie est toûjours où l'on voit ce qu'on aime.

### *BACCHUS.*

Thesée ingrat, Thesée absent,
Triomphe ainsi de la présence
Et de l'amour d'un Dieu puissant :
Thesée ingrat, Thesée absent
Sur votre cœur trahi regne avec violence ;
Son nom dans votre bouche à chaque instant m'of-
fense.
Ah ! si l'amour ne vous dit rien pour moi,
Ecoutés du-moins la vengeance.
Oubliés un Ingrat qui vous manque de foi,
Et de son châtiment faites ma récompense.
Ah ! si l'amour ne vous dit rien pour moi,
Ecoutés du-moins la vengeance.

### *ARIANE.*

Non, non ; il est trop dangereux
D'écouter le dépit, secondé par les vœux
D'un Dieu puissant qui s'éforce de plaire.

### *BACCHUS.*

Ne voyés point mon rang, ne voyés que mes feux.

### *ARIANE.*

C'est de votre amour seul que je veux me distraire.

### *BACCHUS.*

Que l'Hymen en ce jour nous unisse tous deux.

### A R I A N E.

Quoi ! Fils de Jupiter, par ce brillant hommage
Vous m'offrés d'effacer ma honte & mon outrage ?

### B A C C H U S.

Je redouble ma gloire en formant ces beaux nœuds.
Je n'éxige de vous que l'oubli d'un Volage.

### A R I A N E.

O Ciel !

### B A C C H U S.

Vous vous troublés ! expliqués ce langage...
Pourrois-je me flatter d'un heureux changement ?

### A R I A N E.

Thefée abandonnoit une Amante fidelle,
Mais, hélas ! depuis un moment
Sa fuite n'eft plus criminelle.

### B A C C H U S.

Qu'entens-je ? achevés mon bonheur ;
N'accordés plus, belle Princeffe,
De foûpirs à votre douleur,
Refervés-les à ma tendreffe.

### A R I A N E.

Ne me reprochés plus ce trifte fouvenir,
Vous favez trop bien le bannir.

Des charmes de l'Amour ne peut-on se défendre?

### BACCHUS.

Il trïomphe de tous les cœurs.

### ARIANE.

Ah! devroit-on deux fois se rendre
Au plus dangereux des Vainqueurs?

### ENSEMBLE.

Des charmes de l'Amour { ne peut-on / on ne peut } se défendre.

Il trïomphe de tous les cœurs.

Ah! { devroit- / voudroit- } on { deux fois / ne pas } se rendre.

Au plus { dangereux / aimable } des Vainqueurs?

SCENE V.

# SCENE V.

### BACCHUS, ARIANE, EGIPANS ET BACCHANTES.

### *BACCHUS.*

PRéparés de nouvelles fêtes
Au cher objet de mon amour.

Vous, qui dans les climats où commence le jour,
Avés par vos exploits fecondé mes conquêtes,
De myrthes couronnés vos têtes :
Vénus doit à-préfent vous compter dans fa Cour.

Préparés de nouvelles fêtes
Au cher objet de mon amour.

### *CHŒUR.*

Trïomphés, Princeffe charmante,
Partagés la gloire éclatante
Du Fils du Souverain des Dieux.
La Couronne qu'il vous préfente
Doit un jour briller dans les Cieux.

*On danfe.*

G

*UNE BACCHANTE.*
Viens, Fils de Venus,
Viens dans ces beaux lieux trouver Bacchus:
Quand des Cieux tu defcends fur la terre,
Cours au verre
Tremper tes traits;
Son Nectar augmente leurs attraits.
Regne fous la Treille;
Que tes fers font doux & charmants!
Quand la Vigne vermeille
Sert d'azile aux heureux Amants.
Cher Bacchus, l'Amour t'implore,
Tendre Amour, Bacchus t'adore;
Triomphés puiffants Vainqueurs,
Nous fentons le prix de vos faveurs;
Partagés tous deux l'encens des cœurs.
*A R I A N E.*
Chantés Bacchus & fes dons précïeux:
Mortels, dans vos chagrins fa liqueur vous confole:
La terre a fon Nectar auffi-bien que les Cieux;
Dès qu'il coûle, l'ennui s'envole:
Il calme nos regrets, il flate nos defirs,
Il interrompt nos pleurs, il fufpend nos allarmes:
A la trifte raifon il ne ravit les armes,
Que pour les donner aux plaifirs:
De la plus belle Fête il redouble les charmes.

Chantés Bacchus & ses dons précïeux :
Mortels, dans vos chagrins sa liqueur vous console :
La Terre a son Nectar aussi-bien que les Cieux ;
Dès qu'il coûle, l'ennui s'envole.

*On danse.*

## UNE BACCHANTE.

Jeunes Beautés, qu'un Infidele outrage,
Gardés-vous bien de lui donner des pleurs :
Le moindre des malheurs
Est de perdre un volage :
Ne vous vengés de l'inconstant
Qu'en l'imitant.

*(Un Ballet Général termine la troisieme & derniere Entrée.)*

FIN DE LA TROISIEME & DERNIERE ENTRÉE.

## APPROBATION.

J'Ai lu par Ordre de Monseigneur le Chancelier une nouvelle Edition
des *Amours des Dieux*, *Ballet-Heroïque*. A Paris, ce neuf Juillet mil
sept cent cinquante-sept.

DEMONCRIF.